SV

Band 634 der Bibliothek Suhrkamp

Rainer Maria Rilke
Die Sonette an Orpheus

Mit einem Nachwort
von Ulrich Fülleborn

Suhrkamp Verlag

Geschrieben als ein Grab-Mal
für Wera Ouckama Knoop
Château de Muzot im Februar 1922

Erste Auflage 1979

Druck: Nomos Verlagsgesellschaft, Baden-Baden
Printed in Germany

Erster Teil

I

DA stieg ein Baum. O reine Übersteigung!
O Orpheus singt! O hoher Baum im Ohr!
Und alles schwieg. Doch selbst in der Verschweigung
ging neuer Anfang, Wink und Wandlung vor.

Tiere aus Stille drangen aus dem klaren
gelösten Wald von Lager und Genist;
und da ergab sich, daß sie nicht aus List
und nicht aus Angst in sich so leise waren,

sondern aus Hören. Brüllen, Schrei, Geröhr
schien klein in ihren Herzen. Und wo eben
kaum eine Hütte war, dies zu empfangen,

ein Unterschlupf aus dunkelstem Verlangen
mit einem Zugang, dessen Pfosten beben, –
da schufst du ihnen Tempel im Gehör.

II

UND fast ein Mädchen wars und ging hervor
aus diesem einigen Glück von Sang und Leier
und glänzte klar durch ihre Frühlingsschleier
und machte sich ein Bett in meinem Ohr.

Und schlief in mir. Und alles war ihr Schlaf.
Die Bäume, die ich je bewundert, diese
fühlbare Ferne, die gefühlte Wiese
und jedes Staunen, das mich selbst betraf.

Sie schlief die Welt. Singender Gott, wie hast
du sie vollendet, daß sie nicht begehrte,
erst wach zu sein? Sieh, sie erstand und schlief.

Wo ist ihr Tod? O, wirst du dies Motiv
erfinden noch, eh sich dein Lied verzehrte? –
Wo sinkt sie hin aus mir? . . . Ein Mädchen fast . . .

III

EIN Gott vermags. Wie aber, sag mir, soll
ein Mann ihm folgen durch die schmale Leier?
Sein Sinn ist Zwiespalt. An der Kreuzung zweier
Herzwege steht kein Tempel für Apoll.

Gesang, wie du ihn lehrst, ist nicht Begehr,
nicht Werbung um ein endlich noch Erreichtes;
Gesang ist Dasein. Für den Gott ein Leichtes.
Wann aber *sind* wir? Und wann wendet *er*

an unser Sein die Erde und die Sterne?
Dies *ists* nicht, Jüngling, daß du liebst, wenn auch
die Stimme dann den Mund dir aufstößt, – lerne

vergessen, daß du aufsangst. Das verrinnt.
In Wahrheit singen, ist ein andrer Hauch.
Ein Hauch um nichts. Ein Wehn im Gott. Ein Wind.

IV

O IHR Zärtlichen, tretet zuweilen
in den Atem, der euch nicht meint,
laßt ihn an eueren Wangen sich teilen,
hinter euch zittert er, wieder vereint.

O ihr Seligen, o ihr Heilen,
die ihr der Anfang der Herzen scheint.
Bogen der Pfeile und Ziele von Pfeilen,
ewiger glänzt euer Lächeln verweint.

Fürchtet euch nicht zu leiden, die Schwere,
gebt sie zurück an der Erde Gewicht;
schwer sind die Berge, schwer sind die Meere.

Selbst die als Kinder ihr pflanztet, die Bäume,
wurden zu schwer längst; ihr trüget sie nicht.
Aber die Lüfte ... aber die Räume ...

V

ERRICHTET keinen Denkstein. Laßt die Rose
nur jedes Jahr zu seinen Gunsten blühn.
Denn Orpheus ists. Seine Metamorphose
in dem und dem. Wir sollen uns nicht mühn

um andre Namen. Ein für alle Male
ists Orpheus, wenn es singt. Er kommt und geht.
Ists nicht schon viel, wenn er die Rosenschale
um ein paar Tage manchmal übersteht?

O wie er schwinden muß, daß ihrs begrifft!
Und wenn ihm selbst auch bangte, daß er schwände.
Indem sein Wort das Hiersein übertrifft,

ist er schon dort, wohin ihrs nicht begleitet.
Der Leier Gitter zwängt ihm nicht die Hände.
Und er gehorcht, indem er überschreitet.

VI

Ist er ein Hiesiger? Nein, aus beiden
Reichen erwuchs seine weite Natur.
Kundiger böge die Zweige der Weiden,
wer die Wurzeln der Weiden erfuhr.

Geht ihr zu Bette, so laßt auf dem Tische
Brot nicht und Milch nicht; die Toten ziehts –.
Aber er, der Beschwörende, mische
unter der Milde des Augenlids

ihre Erscheinung in alles Geschaute;
und der Zauber von Erdrauch und Raute
sei ihm so wahr wie der klarste Bezug.

Nichts kann das gültige Bild ihm verschlimmern;
sei es aus Gräbern, sei es aus Zimmern,
rühme er Fingerring, Spange und Krug.

VII

RÜHMEN, das ists! Ein zum Rühmen Bestellter,
ging er hervor wie das Erz aus des Steins
Schweigen. Sein Herz, o vergängliche Kelter
eines den Menschen unendlichen Weins.

Nie versagt ihm die Stimme am Staube,
wenn ihn das göttliche Beispiel ergreift.
Alles wird Weinberg, alles wird Traube,
in seinem fühlenden Süden gereift.

Nicht in den Grüften der Könige Moder
straft ihm die Rühmung lügen, oder
daß von den Göttern ein Schatten fällt.

Er ist einer der bleibenden Boten,
der noch weit in die Türen der Toten
Schalen mit rühmlichen Früchten hält.

VIII

NUR im Raum der Rühmung darf die Klage
gehn, die Nymphe des geweinten Quells,
wachend über unserm Niederschlage,
daß er klar sei an demselben Fels,

der die Tore trägt und die Altäre. –
Sieh, um ihre stillen Schultern früht
das Gefühl, daß sie die jüngste wäre
unter den Geschwistern im Gemüt.

Jubel *weiß*, und Sehnsucht ist geständig, –
nur die Klage lernt noch; mädchenhändig
zählt sie nächtelang das alte Schlimme.

Aber plötzlich, schräg und ungeübt,
hält sie doch ein Sternbild unsrer Stimme
in den Himmel, den ihr Hauch nicht trübt.

IX

Nur wer die Leier schon hob
auch unter Schatten,
darf das unendliche Lob
ahnend erstatten.

Nur wer mit Toten vom Mohn
aß, von dem ihren,
wird nicht den leisesten Ton
wieder verlieren.

Mag auch die Spieglung im Teich
oft uns verschwimmen:
Wisse das Bild.

Erst in dem Doppelbereich
werden die Stimmen
ewig und mild.

X

Euch, die ihr nie mein Gefühl verließt,
grüß ich, antikische Sarkophage,
die das fröhliche Wasser römischer Tage
als ein wandelndes Lied durchfließt.

Oder jene so offenen, wie das Aug
eines frohen erwachenden Hirten,
– innen voll Stille und Bienensaug –
denen entzückte Falter entschwirrten;

alle, die man dem Zweifel entreißt,
grüß ich, die wiedergeöffneten Munde,
die schon wußten, was schweigen heißt.

Wissen wirs, Freunde, wissen wirs nicht?
Beides bildet die zögernde Stunde
in dem menschlichen Angesicht.

XI

SIEH den Himmel. Heißt kein Sternbild ›Reiter‹?
Denn dies ist uns seltsam eingeprägt:
dieser Stolz aus Erde. Und ein Zweiter,
der ihn treibt und hält und den er trägt.

Ist nicht so, gejagt und dann gebändigt,
diese sehnige Natur des Seins?
Weg und Wendung. Doch ein Druck verständigt.
Neue Weite. Und die zwei sind eins.

Aber *sind* sie's? Oder meinen beide
nicht den Weg, den sie zusammen tun?
Namenlos schon trennt sie Tisch und Weide.

Auch die sternische Verbindung trügt.
Doch uns freue eine Weile nun
der Figur zu glauben. Das genügt.

XII

Heil dem Geist, der uns verbinden mag;
denn wir leben wahrhaft in Figuren.
Und mit kleinen Schritten gehn die Uhren
neben unserm eigentlichen Tag.

Ohne unsern wahren Platz zu kennen,
handeln wir aus wirklichem Bezug.
Die Antennen fühlen die Antennen,
und die leere Ferne trug . . .

Reine Spannung. O Musik der Kräfte!
Ist nicht durch die läßlichen Geschäfte
jede Störung von dir abgelenkt?

Selbst wenn sich der Bauer sorgt und handelt,
wo die Saat in Sommer sich verwandelt,
reicht er niemals hin. Die Erde *schenkt.*

XIII

VOLLER Apfel, Birne und Banane,
Stachelbeere ... Alles dieses spricht
Tod und Leben in den Mund ... Ich ahne ...
Lest es einem Kind vom Angesicht,

wenn es sie erschmeckt. Dies kommt von weit.
Wird euch langsam namenlos im Munde?
Wo sonst Worte waren, fließen Funde,
aus dem Fruchtfleisch überrascht befreit.

Wagt zu sagen, was ihr Apfel nennt.
Diese Süße, die sich erst verdichtet,
um, im Schmecken leise aufgerichtet,

klar zu werden, wach und transparent,
doppeldeutig, sonnig, erdig, hiesig –:
O Erfahrung, Fühlung, Freude –, riesig!

XIV

WIR gehen um mit Blume, Weinblatt, Frucht.
Sie sprechen nicht die Sprache nur des Jahres.
Aus Dunkel steigt ein buntes Offenbares
und hat vielleicht den Glanz der Eifersucht

der Toten an sich, die die Erde stärken.
Was wissen wir von ihrem Teil an dem?
Es ist seit lange ihre Art, den Lehm
mit ihrem freien Marke zu durchmärken.

Nun fragt sich nur: tun sie es gern? . . .
Drängt diese Frucht, ein Werk von schweren Sklaven,
geballt zu uns empor, zu ihren Herrn?

Sind *sie* die Herrn, die bei den Wurzeln schlafen,
und gönnen uns aus ihren Überflüssen
dies Zwischending aus stummer Kraft und Küssen?

XV

WARTET . . ., das schmeckt . . . Schon ists auf der
Flucht.
. . . Wenig Musik nur, ein Stampfen, ein Summen –:
Mädchen, ihr warmen, Mädchen, ihr stummen,
tanzt den Geschmack der erfahrenen Frucht!

Tanzt die Orange. Wer kann sie vergessen,
wie sie, ertrinkend in sich, sich wehrt
wider ihr Süßsein. Ihr habt sie besessen.
Sie hat sich köstlich zu euch bekehrt.

Tanzt die Orange. Die wärmere Landschaft,
werft sie aus euch, daß die reife erstrahle
in Lüften der Heimat! Erglühte, enthüllt

Düfte um Düfte. Schafft die Verwandtschaft
mit der reinen, sich weigernden Schale,
mit dem Saft, der die Glückliche füllt!

XVI

Du, mein Freund, bist einsam, weil . . .
Wir machen mit Worten und Fingerzeigen
uns allmählich die Welt zu eigen,
vielleicht ihren schwächsten, gefährlichsten Teil.

Wer zeigt mit Fingern auf einen Geruch? –
Doch von den Kräften, die uns bedrohten,
fühlst du viele . . . Du kennst die Toten,
und du erschrickst vor dem Zauberspruch.

Sieh, nun heißt es zusammen ertragen
Stückwerk und Teile, als sei es das Ganze.
Dir helfen, wird schwer sein. Vor allem: pflanze

mich nicht in dein Herz. Ich wüchse zu schnell.
Doch *meines* Herrn Hand will ich führen und sagen:
Hier. Das ist Esau in seinem Fell.

XVII

Zu unterst der Alte, verworrn,
all der Erbauten
Wurzel, verborgener Born,
den sie nie schauten.

Sturmhelm und Jägerhorn,
Spruch von Ergrauten,
Männer im Bruderzorn,
Frauen wie Lauten . . .

Drängender Zweig an Zweig,
nirgends ein freier . . .
Einer! O steig . . . o steig . . .

Aber sie brechen noch.
Dieser erst oben doch
biegt sich zur Leier.

XVIII

HÖRST du das Neue, Herr,
dröhnen und beben?
Kommen Verkündiger,
die es erheben.

Zwar ist kein Hören heil
in dem Durchtobtsein,
doch der Maschinenteil
will jetzt gelobt sein.

Sieh, die Maschine:
wie sie sich wälzt und rächt
und uns entstellt und schwächt.

Hat sie aus uns auch Kraft,
sie, ohne Leidenschaft,
treibe und diene.

XIX

WANDELT sich rasch auch die Welt
wie Wolkengestalten,
alles Vollendete fällt
heim zum Uralten.

Über dem Wandel und Gang,
weiter und freier,
währt noch dein Vor-Gesang,
Gott mit der Leier.

Nicht sind die Leiden erkannt,
nicht ist die Liebe gelernt,
und was im Tod uns entfernt,

ist nicht entschleiert.
Einzig das Lied überm Land
heiligt und feiert.

XX

DIR aber, Herr, o was weih ich dir, sag,
der das Ohr den Geschöpfen gelehrt? –
Mein Erinnern an einen Frühlingstag,
seinen Abend, in Rußland –, ein Pferd . . .

Herüber vom Dorf kam der Schimmel allein,
an der vorderen Fessel den Pflock,
um die Nacht auf den Wiesen allein zu sein;
wie schlug seiner Mähne Gelock

an den Hals im Takte des Übermuts,
bei dem grob gehemmten Galopp.
Wie sprangen die Quellen des Rossebluts!

Der fühlte die Weiten, und ob!
Der sang und der hörte –, dein Sagenkreis
war *in* ihm geschlossen.
Sein Bild: ich weih's.

XXI

FRÜHLING ist wiedergekommen. Die Erde
ist wie ein Kind, das Gedichte weiß;
viele, o viele . . . Für die Beschwerde
langen Lernens bekommt sie den Preis.

Streng war ihr Lehrer. Wir mochten das Weiße
an dem Barte des alten Manns.
Nun, wie das Grüne, das Blaue heiße,
dürfen wir fragen: sie kanns, sie kanns!

Erde, die frei hat, du glückliche, spiele
nun mit den Kindern. Wir wollen dich fangen,
fröhliche Erde. Dem Frohsten gelingts.

O, was der Lehrer sie lehrte, das Viele,
und was gedruckt steht in Wurzeln und langen
schwierigen Stämmen: sie singts, sie singts!

XXII

WIR sind die Treibenden.
Aber den Schritt der Zeit,
nehmt ihn als Kleinigkeit
im immer Bleibenden.

Alles das Eilende
wird schon vorüber sein;
denn das Verweilende
erst weiht uns ein.

Knaben, o werft den Mut
nicht in die Schnelligkeit,
nicht in den Flugversuch.

Alles ist ausgeruht:
Dunkel und Helligkeit,
Blume und Buch.

XXIII

O ERST *dann*, wenn der Flug
nicht mehr um seinetwillen
wird in die Himmelstillen
steigen, sich selber genug,

um in lichten Profilen,
als das Gerät, das gelang,
Liebling der Winde zu spielen,
sicher, schwenkend und schlank, –

erst, wenn ein reines Wohin
wachsender Apparate
Knabenstolz überwiegt,

wird, überstürzt von Gewinn,
jener den Fernen Genahte
sein, was er einsam erfliegt.

XXIV

SOLLEN wir unsere uralte Freundschaft, die großen
niemals werbenden Götter, weil sie der harte
Stahl, den wir streng erzogen, nicht kennt, verstoßen
oder sie plötzlich suchen auf einer Karte?

Diese gewaltigen Freunde, die uns die Toten
nehmen, rühren nirgends an unsere Räder.
Unsere Gastmähler haben wir weit –, unsere Bäder,
fortgerückt, und ihre uns lang schon zu langsamen
Boten

überholen wir immer. Einsamer nun auf einander
ganz angewiesen, ohne einander zu kennen,
führen wir nicht mehr die Pfade als schöne Mäander,

sondern als Grade. Nur noch in Dampfkesseln brennen
die einstigen Feuer und heben die Hämmer, die immer
größern. Wir aber nehmen an Kraft ab, wie Schwimmer.

XXV

Dich aber will ich nun, *Dich*, die ich kannte
wie eine Blume, von der ich den Namen nicht weiß,
noch *ein* Mal erinnern und ihnen zeigen, Entwandte,
schöne Gespielin des unüberwindlichen Schrei's.

Tänzerin erst, die plötzlich, den Körper voll Zögern,
anhielt, als göß man ihr Jungsein in Erz;
trauernd und lauschend –. Da, von den hohen
  Vermögern
fiel ihr Musik in das veränderte Herz.

Nah war die Krankheit. Schon von den Schatten
  bemächtigt,
drängte verdunkelt das Blut, doch, wie flüchtig
  verdächtigt,
trieb es in seinen natürlichen Frühling hervor.

Wieder und wieder, von Dunkel und Sturz
  unterbrochen,
glänzte es irdisch. Bis es nach schrecklichem Pochen
trat in das trostlos offene Tor.

XXVI

Du aber, Göttlicher, du, bis zuletzt noch Ertöner,
da ihn der Schwarm der verschmähten Mänaden befiel,
hast ihr Geschrei übertönt mit Ordnung, du Schöner,
aus den Zerstörenden stieg dein erbauendes Spiel.

Keine war da, daß sie Haupt dir und Leier zerstör.
Wie sie auch rangen und rasten, und alle die scharfen
Steine, die sie nach deinem Herzen warfen,
wurden zu Sanftem an dir und begabt mit Gehör.

Schließlich zerschlugen sie dich, von der Rache gehetzt,
während dein Klang noch in Löwen und Felsen
verweilte
und in den Bäumen und Vögeln. Dort singst du noch
jetzt.

O du verlorener Gott! Du unendliche Spur!
Nur weil dich reißend zuletzt die Feindschaft verteilte,
sind wir die Hörenden jetzt und ein Mund der Natur.

Zweiter Teil

I

Atmen, du unsichtbares Gedicht!
Immerfort um das eigne
Sein rein eingetauschter Weltraum. Gegengewicht,
in dem ich mich rhythmisch ereigne.

Einzige Welle, deren
allmähliches Meer ich bin;
sparsamstes du von allen möglichen Meeren, –
Raumgewinn.

Wieviele von diesen Stellen der Räume waren schon
innen in mir. Manche Winde
sind wie mein Sohn.

Erkennst du mich, Luft, du, voll noch einst meiniger
        Orte?
Du, einmal glatte Rinde,
Rundung und Blatt meiner Worte.

II

So wie dem Meister manchmal das eilig
nähere Blatt den *wirklichen* Strich
abnimmt: so nehmen oft Spiegel das heilig
einzige Lächeln der Mädchen in sich,

wenn sie den Morgen erproben, allein, –
oder im Glanze der dienenden Lichter.
Und in das Atmen der echten Gesichter,
später, fällt nur ein Widerschein.

Was haben Augen einst ins umrußte
lange Verglühn der Kamine geschaut:
Blicke des Lebens, für immer verlorne.

Ach, der Erde, wer kennt die Verluste?
Nur, wer mit dennoch preisendem Laut
sänge das Herz, das ins Ganze geborne.

III

SPIEGEL: noch nie hat man wissend beschrieben,
was ihr in euerem Wesen seid.
Ihr, wie mit lauter Löchern von Sieben
erfüllten Zwischenräume der Zeit.

Ihr, noch des leeren Saales Verschwender –,
wenn es dämmert, wie Wälder weit . . .
Und der Lüster geht wie ein Sechzehn-Ender
durch eure Unbetretbarkeit.

Manchmal seid ihr voll Malerei.
Einige scheinen *in* euch gegangen –,
andere schicktet ihr scheu vorbei.

Aber die Schönste wird bleiben –, bis
drüben in ihre enthaltenen Wangen
eindrang der klare gelöste Narziß.

IV

O DIESES ist das Tier, das es nicht giebt.
Sie wußtens nicht und habens jeden Falls
– sein Wandeln, seine Haltung, seinen Hals,
bis in des stillen Blickes Licht – geliebt.

Zwar *war* es nicht. Doch weil sie's liebten, ward
ein reines Tier. Sie ließen immer Raum.
Und in dem Raume, klar und ausgespart,
erhob es leicht sein Haupt und brauchte kaum

zu sein. Sie nährten es mit keinem Korn,
nur immer mit der Möglichkeit, es sei.
Und die gab solche Stärke an das Tier,

daß es aus sich ein Stirnhorn trieb. Ein Horn.
Zu einer Jungfrau kam es weiß herbei –
und war im Silber-Spiegel und in ihr.

V

Blumenmuskel, der der Anemone
Wiesenmorgen nach und nach erschließt,
bis in ihren Schooß das polyphone
Licht der lauten Himmel sich ergießt,

in den stillen Blütenstern gespannter
Muskel des unendlichen Empfangs,
manchmal *so* von Fülle übermannter,
daß der Ruhewink des Untergangs

kaum vermag die weitzurückgeschnellten
Blätterränder dir zurückzugeben:
du, Entschluß und Kraft von *wie*viel Welten!

Wir, Gewaltsamen, wir währen länger.
Aber *wann*, in welchem aller Leben,
sind wir endlich offen und Empfänger?

VI

ROSE, du thronende, denen im Altertume
warst du ein Kelch mit einfachem Rand.
Uns aber bist du die volle zahllose Blume,
der unerschöpfliche Gegenstand.

In deinem Reichtum scheinst du wie Kleidung um
Kleidung
um einen Leib aus nichts als Glanz;
aber dein einzelnes Blatt ist zugleich die Vermeidung
und die Verleugnung jedes Gewands.

Seit Jahrhunderten ruft uns dein Duft
seine süßesten Namen herüber;
plötzlich liegt er wie Ruhm in der Luft.

Dennoch, wir wissen ihn nicht zu nennen, wir raten ...
Und Erinnerung geht zu ihm über,
die wir von rufbaren Stunden erbaten.

VII

BLUMEN, ihr schließlich den ordnenden Händen
verwandte,
(Händen der Mädchen von einst und jetzt),
die auf dem Gartentisch oft von Kante zu Kante
lagen, ermattet und sanft verletzt,

wartend des Wassers, das sie noch einmal erhole
aus dem begonnenen Tod –, und nun
wieder erhobene zwischen die strömenden Pole
fühlender Finger, die wohlzutun

mehr noch vermögen, als ihr ahntet, ihr leichten,
wenn ihr euch wiederfandet im Krug,
langsam erkühlend und Warmes der Mädchen, wie
Beichten,

von euch gebend, wie trübe ermüdende Sünden,
die das Gepflücktsein beging, als Bezug
wieder zu ihnen, die sich euch blühend verbünden.

VIII

Wenige ihr, der einstigen Kindheit Gespielen
in den zerstreuten Gärten der Stadt:
wie wir uns fanden und uns zögernd gefielen
und, wie das Lamm mit dem redenden Blatt,

sprachen als Schweigende. Wenn wir uns einmal
freuten,
keinem gehörte es. Wessen wars?
Und wie zergings unter allen den gehenden Leuten
und im Bangen des langen Jahrs.

Wagen umrollten uns fremd, vorübergezogen,
Häuser umstanden uns stark, aber unwahr, – und keines
kannte uns je. *Was* war wirklich im All?

Nichts. Nur die Bälle. Ihre herrlichen Bogen.
Auch nicht die Kinder . . . Aber manchmal trat eines,
ach ein vergehendes, unter den fallenden Ball.

(In memoriam Egon von Rilke)

IX

RÜHMT euch, ihr Richtenden, nicht der entbehrlichen
    Folter
und daß das Eisen nicht länger an Hälsen sperrt.
Keins ist gesteigert, kein Herz –, weil ein gewollter
Krampf der Milde euch zarter verzerrt.

Was es durch Zeiten bekam, das schenkt das Schafott
wieder zurück, wie Kinder ihr Spielzeug vom vorig
alten Geburtstag. Ins reine, ins hohe, ins thorig
offene Herz träte er anders, der Gott

wirklicher Milde. Er käme gewaltig und griffe
strahlender um sich, wie Göttliche sind.
Mehr als ein Wind für die großen gesicherten Schiffe.

Weniger nicht, als die heimliche leise Gewahrung,
die uns im Innern schweigend gewinnt
wie ein still spielendes Kind aus unendlicher Paarung.

X

ALLES Erworbne bedroht die Maschine, solange
sie sich erdreistet, im Geist, statt im Gehorchen, zu sein.
Daß nicht der herrlichen Hand schöneres Zögern mehr
    prange,
zu dem entschlossenern Bau schneidet sie steifer den
    Stein.

Nirgends bleibt sie zurück, daß wir ihr *ein* Mal
    entrönnen
und sie in stiller Fabrik ölend sich selber gehört.
Sie ist das Leben, – sie meint es am besten zu können,
die mit dem gleichen Entschluß ordnet und schafft und
    zerstört.

Aber noch ist uns das Dasein verzaubert; an hundert
Stellen ist es noch Ursprung. Ein Spielen von reinen
Kräften, die keiner berührt, der nicht kniet und
    bewundert.

Worte gehen noch zart am Unsäglichen aus ...
Und die Musik, immer neu, aus den bebendsten
    Steinen,
baut im unbrauchbaren Raum ihr vergöttlichtes Haus.

XI

Manche, des Todes, entstand ruhig geordnete Regel,
weiterbezwingender Mensch, seit du im Jagen beharrst;
mehr doch als Falle und Netz, weiß ich dich, Streifen
    von Segel,
den man hinuntergehängt in den höhligen Karst.

Leise ließ man dich ein, als wärst du ein Zeichen,
Frieden zu feiern. Doch dann: rang dich am Rande der
    Knecht,
– und, aus den Höhlen, die Nacht warf eine Handvoll
    von bleichen
taumelnden Tauben ins Licht . . .
                    Aber auch *das* ist im Recht.

Fern von dem Schauenden sei jeglicher Hauch des
    Bedauerns,
nicht nur vom Jäger allein, der, was sich zeitig erweist,
wachsam und handelnd vollzieht.

Töten ist eine Gestalt unseres wandernden Trauerns . . .
Rein ist im heiteren Geist,
was an uns selber geschieht.

XII

Wolle die Wandlung. O sei für die Flamme begeistert,
drin sich ein Ding dir entzieht, das mit Verwandlungen
prunkt;
jener entwerfende Geist, welcher das Irdische meistert,
liebt in dem Schwung der Figur nichts wie den
wendenden Punkt.

Was sich ins Bleiben verschließt, schon *ists* das
Erstarrte;
wähnt es sich sicher im Schutz des unscheinbaren
Grau's?
Warte, ein Härtestes warnt aus der Ferne das Harte.
Wehe –: abwesender Hammer holt aus!

Wer sich als Quelle ergießt, den erkennt die Erkennung;
und sie führt ihn entzückt durch das heiter Geschaffne,
das mit Anfang oft schließt und mit Ende beginnt.

Jeder glückliche Raum ist Kind oder Enkel von
Trennung,
den sie staunend durchgehn. Und die verwandelte
Daphne
will, seit sie lorbeern fühlt, daß du dich wandelst in
Wind.

XIII

SEI allem Abschied voran, als wäre er hinter
dir, wie der Winter, der eben geht.
Denn unter Wintern ist einer so endlos Winter,
daß, überwinternd, dein Herz überhaupt übersteht.

Sei immer tot in Eurydike –, singender steige,
preisender steige zurück in den reinen Bezug.
Hier, unter Schwindenden, sei, im Reiche der Neige,
sei ein klingendes Glas, das sich im Klang schon
zerschlug.

Sei – und wisse zugleich des Nicht-Seins Bedingung,
den unendlichen Grund deiner innigen Schwingung,
daß du sie völlig vollziehst dieses einzige Mal.

Zu dem gebrauchten sowohl, wie zum dumpfen und
stummen
Vorrat der vollen Natur, den unsäglichen Summen,
zähle dich jubelnd hinzu und vernichte die Zahl.

XIV

SIEHE die Blumen, diese dem Irdischen treuen,
denen wir Schicksal vom Rande des Schicksals leihn, –
aber wer weiß es! Wenn sie ihr Welken bereuen,
ist es an uns, ihre Reue zu sein.

Alles will schweben. Da gehn wir umher wie
Beschwerer,
legen auf alles uns selbst, vom Gewichte entzückt;
o was sind wir den Dingen für zehrende Lehrer,
weil ihnen ewige Kindheit glückt.

Nähme sie einer ins innige Schlafen und schliefe
tief mit den Dingen –: o wie käme er leicht,
anders zum anderen Tag, aus der gemeinsamen Tiefe.

Oder er bliebe vielleicht; und sie blühten und priesen
ihn, den Bekehrten, der nun den Ihrigen gleicht,
allen den stillen Geschwistern im Winde der Wiesen.

XV

O Brunnen-Mund, du gebender, du Mund,
der unerschöpflich Eines, Reines, spricht, –
du, vor des Wassers fließendem Gesicht,
marmorne Maske. Und im Hintergrund

der Aquädukte Herkunft. Weither an
Gräbern vorbei, vom Hang des Apennins
tragen sie dir dein Sagen zu, das dann
am schwarzen Altern deines Kinns

vorüberfällt in das Gefäß davor.
Dies ist das schlafend hingelegte Ohr,
das Marmorohr, in das du immer sprichst.

Ein Ohr der Erde. Nur mit sich allein
redet sie also. Schiebt ein Krug sich ein,
so scheint es ihr, daß du sie unterbrichst.

XVI

Immer wieder von uns aufgerissen,
ist der Gott die Stelle, welche heilt.
Wir sind Scharfe, denn wir wollen wissen,
aber er ist heiter und verteilt.

Selbst die reine, die geweihte Spende
nimmt er anders nicht in seine Welt,
als indem er sich dem freien Ende
unbewegt entgegenstellt.

Nur der Tote trinkt
aus der hier von uns *gehörten* Quelle,
wenn der Gott ihm schweigend winkt, dem Toten.

Uns wird nur das Lärmen angeboten.
Und das Lamm erbittet seine Schelle
aus dem stilleren Instinkt.

XVII

Wo, in welchen immer selig bewässerten Gärten, an
welchen
Bäumen, aus welchen zärtlich entblätterten
Blüten-Kelchen
reifen die fremdartigen Früchte der Tröstung? Diese
köstlichen, deren du eine vielleicht in der zertretenen
Wiese

deiner Armut findest. Von einem zum anderen Male
wunderst du dich über die Größe der Frucht,
über ihr Heilsein, über die Sanftheit der Schale,
und daß sie der Leichtsinn des Vogels dir nicht
vorwegnahm und nicht die Eifersucht

unten des Wurms. Giebt es denn Bäume, von Engeln
beflogen,
und von verborgenen langsamen Gärtnern so seltsam
gezogen,
daß sie uns tragen, ohne uns zu gehören?

Haben wir niemals vermocht, wir Schatten und
Schemen,
durch unser voreilig reifes und wieder welkes
Benehmen
jener gelassenen Sommer Gleichmut zu stören?

XVIII

TÄNZERIN: o du Verlegung
alles Vergehens in Gang: wie brachtest du's dar.
Und der Wirbel am Schluß, dieser Baum aus Bewegung,
nahm er nicht ganz in Besitz das erschwungene Jahr?

Blühte nicht, daß ihn dein Schwingen von vorhin
umschwärme,
plötzlich sein Wipfel von Stille? Und über ihr,
war sie nicht Sonne, war sie nicht Sommer, die Wärme,
diese unzählige Wärme aus dir?

Aber er trug auch, er trug, dein Baum der Ekstase.
Sind sie nicht seine ruhigen Früchte: der Krug,
reifend gestreift, und die gereiftere Vase?

Und in den Bildern: ist nicht die Zeichnung geblieben,
die deiner Braue dunkler Zug
rasch an die Wandung der eigenen Wendung
geschrieben?

XIX

IRGENDWO wohnt das Gold in der verwöhnenden Bank
und mit Tausenden tut es vertraulich. Doch jener
Blinde, der Bettler, ist selbst dem kupfernen Zehner
wie ein verlorener Ort, wie das staubige Eck unterm
Schrank.

In den Geschäften entlang ist das Geld wie zuhause
und verkleidet sich scheinbar in Seide, Nelken und Pelz.
Er, der Schweigende, steht in der Atempause
alles des wach oder schlafend atmenden Gelds.

O wie mag sie sich schließen bei Nacht, diese immer
offene Hand.
Morgen holt sie das Schicksal wieder, und täglich
hält es sie hin: hell, elend, unendlich zerstörbar.

Daß doch einer, ein Schauender, endlich ihren langen
Bestand
staunend begriffe und rühmte. Nur dem Aufsingenden
säglich.
Nur dem Göttlichen hörbar.

XX

ZWISCHEN den Sternen, wie weit; und doch, um
wievieles noch weiter,
was man am Hiesigen lernt.
Einer, zum Beispiel, ein Kind . . . und ein Nächster, ein
Zweiter –,
o wie unfaßlich entfernt.

Schicksal, es mißt uns vielleicht mit des Seienden
Spanne,
daß es uns fremd erscheint;
denk, wieviel Spannen allein vom Mädchen zum
Manne,
wenn es ihn meidet und meint.

Alles ist weit –, und nirgends schließt sich der Kreis.
Sieh in der Schüssel, auf heiter bereitetem Tische,
seltsam der Fische Gesicht.

Fische sind stumm . . ., meinte man einmal. Wer weiß?
Aber ist nicht am Ende ein Ort, wo man das, was der
Fische
Sprache wäre, *ohne* sie spricht?

XXI

SINGE die Gärten, mein Herz, die du nicht kennst;
wie in Glas
eingegossene Gärten, klar, unerreichbar.
Wasser und Rosen von Ispahan oder Schiras,
singe sie selig, preise sie, keinem vergleichbar.

Zeige, mein Herz, daß du sie niemals entbehrst.
Daß sie dich meinen, ihre reifenden Feigen.
Daß du mit ihren, zwischen den blühenden Zweigen
wie zum Gesicht gesteigerten Lüften verkehrst.

Meide den Irrtum, daß es Entbehrungen gebe
für den geschehnen Entschluß, diesen: zu sein!
Seidener Faden, kamst du hinein ins Gewebe.

Welchem der Bilder du auch im Innern geeint bist
(sei es selbst ein Moment aus dem Leben der Pein),
fühl, daß der ganze, der rühmliche Teppich gemeint ist.

XXII

O TROTZ Schicksal: die herrlichen Überflüsse
unseres Daseins, in Parken übergeschäumt, –
oder als steinerne Männer neben die Schlüsse
hoher Portale, unter Balkone gebäumt!

O die eherne Glocke, die ihre Keule
täglich wider den stumpfen Alltag hebt.
Oder die *eine*, in Karnak, die Säule, die Säule,
die fast ewige Tempel überlebt.

Heute stürzen die Überschüsse, dieselben,
nur noch als Eile vorbei, aus dem waagrechten gelben
Tag in die blendend mit Licht übertriebene Nacht.

Aber das Rasen zergeht und läßt keine Spuren.
Kurven des Flugs durch die Luft und die, die sie fuhren,
keine vielleicht ist umsonst. Doch nur wie gedacht.

XXIII

Rufe mich zu jener deiner Stunden,
die dir unaufhörlich widersteht:
flehend nah wie das Gesicht von Hunden,
aber immer wieder weggedreht,

wenn du meinst, sie endlich zu erfassen.
So Entzognes ist am meisten dein.
Wir sind frei. Wir wurden dort entlassen,
wo wir meinten, erst begrüßt zu sein.

Bang verlangen wir nach einem Halte,
wir zu Jungen manchmal für das Alte
und zu alt für das, was niemals war.

Wir, gerecht nur, wo wir dennoch preisen,
weil wir, ach, der Ast sind und das Eisen
und das Süße reifender Gefahr.

XXIV

O DIESE Lust, immer neu, aus gelockertem Lehm!
Niemand beinah hat den frühesten Wagern geholfen.
Städte entstanden trotzdem an beseligten Golfen,
Wasser und Öl füllten die Krüge trotzdem.

Götter, wir planen sie erst in erkühnten Entwürfen,
die uns das mürrische Schicksal wieder zerstört.
Aber sie sind die Unsterblichen. Sehet, wir dürfen
jenen erhorchen, der uns am Ende erhört.

Wir, ein Geschlecht durch Jahrtausende: Mütter und
Väter,
immer erfüllter von dem künftigen Kind,
daß es uns einst, übersteigend, erschüttere, später.

Wir, wir unendlich Gewagten, was haben wir Zeit!
Und nur der schweigsame Tod, der weiß, was wir sind
und was er immer gewinnt, wenn er uns leiht.

XXV

SCHON, horch, hörst du der ersten Harken
Arbeit; wieder den menschlichen Takt
in der verhaltenen Stille der starken
Vorfrühlingserde. Unabgeschmackt

scheint dir das Kommende. Jenes so oft
dir schon Gekommene scheint dir zu kommen
wieder wie Neues. Immer erhofft,
nahmst du es niemals. Es hat dich genommen.

Selbst die Blätter durchwinterter Eichen
scheinen im Abend ein künftiges Braun.
Manchmal geben sich Lüfte ein Zeichen.

Schwarz sind die Sträucher. Doch Haufen von Dünger
lagern als satteres Schwarz in den Aun.
Jede Stunde, die hingeht, wird jünger.

XXVI

Wie ergreift uns der Vogelschrei . . .
Irgend ein einmal erschaffenes Schreien.
Aber die Kinder schon, spielend im Freien,
schreien an wirklichen Schreien vorbei.

Schreien den Zufall. In Zwischenräume
dieses, des Weltraums, (in welchen der heile
Vogelschrei eingeht, wie Menschen in Träume –)
treiben sie ihre, des Kreischens, Keile.

Wehe, wo sind wir? Immer noch freier,
wie die losgerissenen Drachen
jagen wir halbhoch, mit Rändern von Lachen,

windig zerfetzten. – Ordne die Schreier,
singender Gott! daß sie rauschend erwachen,
tragend als Strömung das Haupt und die Leier.

XXVII

Giebt es wirklich die Zeit, die zerstörende?
Wann, auf dem ruhenden Berg, zerbricht sie die Burg?
Dieses Herz, das unendlich den Göttern gehörende,
wann vergewaltigts der Demiurg?

Sind wir wirklich so ängstlich Zerbrechliche,
wie das Schicksal uns wahr machen will?
Ist die Kindheit, die tiefe, versprechliche,
in den Wurzeln – später – still?

Ach, das Gespenst des Vergänglichen,
durch den arglos Empfänglichen
geht es, als wär es ein Rauch.

Als die, die wir sind, als die Treibenden,
gelten wir doch bei bleibenden
Kräften als göttlicher Brauch.

XXVIII

O KOMM und geh. Du, fast noch Kind, ergänze
für einen Augenblick die Tanzfigur
zum reinen Sternbild einer jener Tänze,
darin wir die dumpf ordnende Natur

vergänglich übertreffen. Denn sie regte
sich völlig hörend nur, da Orpheus sang.
Du warst noch die von damals her Bewegte
und leicht befremdet, wenn ein Baum sich lang

besann, mit dir nach dem Gehör zu gehn.
Du wußtest noch die Stelle, wo die Leier
sich tönend hob –; die unerhörte Mitte.

Für sie versuchtest du die schönen Schritte
und hofftest, einmal zu der heilen Feier
des Freundes Gang und Antlitz hinzudrehn.

XXIX

STILLER Freund der vielen Fernen, fühle,
wie dein Atem noch den Raum vermehrt.
Im Gebälk der finstern Glockenstühle
laß dich läuten. Das, was an dir zehrt,

wird ein Starkes über dieser Nahrung.
Geh in der Verwandlung aus und ein.
Was ist deine leidendste Erfahrung?
Ist dir Trinken bitter, werde Wein.

Sei in dieser Nacht aus Übermaß
Zauberkraft am Kreuzweg deiner Sinne,
ihrer seltsamen Begegnung Sinn.

Und wenn dich das Irdische vergaß,
zu der stillen Erde sag: Ich rinne.
Zu dem raschen Wasser sprich: Ich bin.

Anmerkungen des Dichters zu den Sonetten an Orpheus

Zum Ersten Teil

X. Sonett: In der zweiten Strophe ist gedacht der Gräber in dem berühmten alten Friedhof der Allyscamps bei Arles, von dem auch im *Malte Laurids Brigge* die Rede ist.

XVI. Sonett: Dieses Sonett ist an einen Hund gerichtet. – Unter ›meines Herrn Hand‹ ist die Beziehung zu Orpheus hergestellt, der hier als ›Herr‹ des Dichters gilt. Der Dichter will diese Hand führen, daß sie auch, um seiner unendlichen Teilnehmung und Hingabe willen, den Hund segne, der, fast wie Esau (lies: *Jakob*. 1. Mose 27), sein Fell auch nur umgetan hat, um in seinem Herzen einer, ihm nicht zukommenden Erbschaft: des ganzen Menschlichen mit Not und Glück, teilhaft zu werden.

XXI. Sonett: Das kleine Frühlings-Lied erscheint mir gleichsam als ›Auslegung‹ einer merkwürdig tanzenden Musik, die ich einmal von den Klosterkindern in der kleinen Nonnenkirche zu Ronda (in Süd-Spanien) zu einer Morgenmesse habe singen hören. Die Kinder, immer im Tanztakt, sangen einen mir unbekannten Text zu Triangel und Tamburin.

XXV. Sonett: An Wera.

Zum Zweiten Teil

IV. Sonett: Das Einhorn hat alte, im Mittelalter immerfort gefeierte Bedeutungen der Jungfräulichkeit: daher ist behauptet, es, das Nicht-Seiende für den Profanen, *sei*, sobald es erschiene, in dem ›Silber-Spiegel‹, den ihm die Jungfrau vorhält (siehe: Tapisserien des XV. Jahrhunderts) und ›in ihr‹, als in einem zweiten ebenso reinen, ebenso heimlichen Spiegel.

VI. Sonett: Die antike Rose war eine einfache ›Eglantine‹, rot und gelb, in den Farben, die in der Flamme vorkommen. Sie blüht hier, im Wallis, in einzelnen Gärten.

VIII. Sonett: Vierte Zeile: Das Lamm (auf Bildern), das nur mittels des Spruchbandes spricht.

XI. Sonett: Bezugnehmend auf die Art, wie man, nach altem Jagdgebrauch, in gewissen Gegenden des Karsts, die eigentümlich bleichen Grotten-Tauben, durch vorsichtig in ihre Höhlen eingehängte Tücher, indem man diese plötzlich auf eine besondere Weise schwenkt, aus ihren unterirdischen Aufenthalten scheucht, um sie, bei ihrem erschreckten Ausflug, zu erlegen.

XXIII. Sonett: An den Leser.

XXV. Sonett: Gegenstück zu dem Frühlings-Liedchen der Kinder im Ersten Teil der Sonette ⟨XXI⟩.

XXVIII. Sonett: An Wera.

XXIX. Sonett: An einen Freund Weras. R. M. R.

Nachwort
von Ulrich Fülleborn

Als Rilke an der Schwelle jenes schon legendären Februars 1922, der ihm in Muzot unter so überwältigenden Umständen die Vollendung der ›Duineser Elegien‹ gewährte, einige präludierende Gedichte schrieb, ahnte er noch kaum, daß sich darin ein zweiter großer, die ›Elegien‹ ergänzender Gedichtzyklus ankündigte. Wir dagegen vermögen im letzten jener »Auftaktgedichte«, das am 1. Februar entstand, sehr wohl den völlig neuen Entwurf der ›Sonette an Orpheus‹ zu erkennen. Es beginnt mit einer Frage, die nicht mehr in die Richtung elegischen Dichtens weist:

> ... Wann wird, wann wird, wann wird es genügen
> das Klagen und Sagen?

Und es schließt mit einer zukunftsgewissen Antwort, deren Sinn im Orpheus-Zyklus voll realisiert werden sollte:

> Da uns die Sterne
> schweigende scheinen, im angeschrieenen Äther!
>
> Redeten uns die fernsten, die alten und ältesten Väter!
> Und wir: Hörende endlich! Die ersten hörenden
> Menschen.
>
> (SW II, 135)

Dementsprechend entwickelt sich gleich zu Beginn der ›Sonette an Orpheus‹ das »Hören« zu einem poetischen Leitmotiv und tritt so an die Stelle des »Klagens und Sagens« der ›Elegien‹.
Auch als Rilke vom 2. bis 5. Februar den ersten Teil des Zyklus in der nahezu endgültigen Gedichtfolge und Textge-

stalt niedergeschrieben hatte und sich ihm dann in der Zeit vom 15. bis 23. Februar, d. h. nach dem Abschluß der ›Elegien‹, noch ein zweiter Teil Sonette hinzuschenkte, war er sich immer noch nicht der Bedeutung dieser lyrischen Schöpfung bewußt. Er stellte sie auf eine Stufe mit dem Nebenprodukt der ersten ›Duineser Elegien‹ von 1912, dem ›Marien-Leben‹, obwohl jenes thematisch und formal einen Rückgriff bedeutet hatte, während sich die ›Sonette an Orpheus‹ ganz auf dem mit den ›Elegien‹ errungenen Niveau bewegen und sogar darüber hinaus streben. Erst allmählich, unter dem Einfluß von Stimmen seiner Freunde, korrigierte Rilke seine Meinung. Wir heute neigen dazu, in den ›Sonetten an Orpheus‹ eine durchaus eigenständige Dichtung zu sehen, die eher der nächsten und letzten Werkstufe Rilkes zugehört als den ›Duineser Elegien‹, unter deren Zeichen die Jahre 1912 bis 1922 gestanden hatten. Auch in der Aufnahme des Zyklus in die Bibliothek Suhrkamp drückt sich diese Bewertung aus, und dem Nachwort obliegt es, sie zu begründen.

Der Zyklus

Als ein hervorstechendes Merkmal der modernen Lyrik hat Helmut Heißenbüttel die Tendenz zur zyklischen Großform erkannt (Frankfurter Vorlesungen). Rilke selber stellte in einer späten Äußerung zu seiner poetischen Schaffensweise fest, daß er »über die bloße geordnete An-Sammlung mit dem Orpheus und den großen Elegien endgültig hinausgekommen« sei (30. 6. 26 an Katharina Kippenberg). Mit der bewußten Entwicklung zyklischer Strukturen hat die Lyrik im 20. Jahrhundert tatsächlich einen neuen Status erreicht. Nicht nur, daß im modernen Gedichtzyklus, den man mit Heißenbüttel vielleicht besser »zyklisches Gedicht« nennen sollte, das einzelne Poem aufhört, taktische Einheit zu sein, und die lyrische Inspiration, statt bloß momentan und punktuell zu

wirken, größere Zusammenhänge erschafft: es geht mit diesem Formenwandel, den wir bei Holz, George und Rilke beobachten, auch eine Entsubjektivierung einher. Solche Lyrik beansprucht, dank ihrer Sprachlichkeit auf eine neue Weise welthaltig oder weltschaffend zu sein, womit zweifellos auch die Tendenz zu mythischer Gestaltung zusammenhängt. Auf jeden Fall drückt sich in ihr nicht nur Inneres aus, auch verbindet sie nicht symbolisch Außen- und Innenwelt, und noch weniger bildet sie ab, was wir als unsere äußere Realität bezeichnen. Vielmehr wird ein möglichst weiter thematischer Umkreis mit Hilfe eines Einheit stiftenden geistig-poetischen Apriori, das sich in Rilkes ›Sonetten‹ den Gehalten des alten Orpheus-Mythos verdankt, abgeschritten.
Mit dem Zyklus der ›Duineser Elegien‹ hat Rilke ein derartiges Gestaltungsziel von Anfang an bewußt verfolgt, und seine leidvollste Erfahrung war es, daß geistige und erlebnismäßige Hindernisse, darunter das »Verhängnis« des Ersten Weltkriegs, die Verfassung nicht aufkommen lassen wollten, deren ein formal und inhaltlich so anspruchsvolles Konzept zu seiner Verwirklichung bedurfte. Die ›Sonette an Orpheus‹ dagegen waren nicht von langer Hand vorbereitet. Sie sind das Ergebnis eines produktiven Überschusses, weshalb ihnen auch die tragische Grundspannung der ›Elegien‹ fehlt. Um so mehr haben sie sich zu einem einzigen zyklischen Gedicht zusammengeschlossen, das nicht die Merkmale des Gewollten trägt, dem kein bewußter Konstruktionsplan zugrunde liegt. Seine gestalthafte Einheit verdankt sich vielmehr der homogenen Entstehungsweise innerhalb weniger Tage und dem freudig gelösten Ton dieser Gedichte, ferner der Konzentration aller Themen und Motive auf einen Mittelpunkt sowie deren besonders dichter Verwebung.

Der Titel ›Die Sonette an Orpheus‹ provoziert die Frage, ob Rilke in seinem zyklischen Gedicht tatsächlich noch die überkommene, streng festgelegte Form des Sonetts habe erfüllen wollen und können oder ob er das tradierte Sonettschema nur als Ausgangspunkt gewählt habe, um etwas anderes daraus zu machen.
Grundsätzlich gibt es drei Möglichkeiten für den modernen Dichter, sich zu den poetischen Formen zu verhalten. Er kann erstens die problematisch gewordenen, nicht mehr fixierbaren Inhalte oder gar den Verlust von Werten durch eine um so strengere Formkunst zu kompensieren suchen, wie es Mallarmé und Benn getan haben. Zweitens lassen sich alle traditionellen Formen wie jede formale Meisterschaft einem radikalen Ideologieverdacht aussetzen, so daß nur noch Formzerstörung als erklärtes Ziel übrigzubleiben scheint; Beispiele hierfür braucht man nicht zu nennen, die Avantgarde hat zu einem großen Teil diesen Weg der »verbrannten Erde« beschritten. Drittens aber besteht die Möglichkeit, alte Formen so zu verändern, daß sie befähigt werden, ganz neue Inhalte zu vermitteln.
Das letztere scheint Rilkes Absicht gewesen zu sein. Denn am 23. 2. 1922 schreibt er zum Problem der Gedichtform in seinem Orpheus-Zyklus an Katharina Kippenberg, daß das, was er hier so selbstverständlich »Sonett« nenne,

> das Freieste, sozusagen Abgewandelteste wäre, was sich unter dieser, sonst so stillen und stabilen Form begreifen ließe. Aber gerade dies: das Sonett abzuwandeln, es zu heben, ja gewissermaßen es im Laufen zu tragen, ohne es zu zerstören, war mir, in diesem Fall, eine eigentümliche Probe und Aufgabe: zu der ich mich, nebenbei, kaum zu entscheiden hatte. So sehr war sie gestellt und trug ihre Lösung in sich.

Dem ist wenig hinzuzufügen. Rilke hat das rationale und reflexive Sonett bewußt »singen« gelehrt, indem er dessen Stabilität in schwebende Musikalität überführte. Sein freiestes Spiel mit den Formelementen des Sonetts geschieht nicht aus Willkür, sondern wird als Aufgabe begriffen. Die thematische Mitte des Zyklus, mit der wir uns noch zu beschäftigen haben, erforderte als formales Äquivalent die »Verzeitlichung« der räumlich-statischen Sonettstruktur, und das bedeutete vor allem ihre Dynamisierung und die radikale Erprobung ihrer Wandlungsfähigkeit. Wenn sich der Autor dabei nicht als Zerstörer der Form versteht, so darf man das als Wink nehmen, die noch verbleibenden statischen Sonettqualitäten nicht zu übersehen und das Gestaltungsziel in einem strukturellen Gleichgewicht von räumlichen und zeitlichen Komponenten zu suchen.

Der Mythos

Rilkes ›Zweite Duineser Elegie‹ endet in einer Klage über den Verlust der »Götter«, das Fehlen eines gemeinsamen Mythos in unserer Zeit: Während die Griechen wußten, daß alles Gewaltige, das ihnen geschah, von den Göttern ausging, entsprechen den Kräften unseres »Herzens«, die »noch immer« unser endliches Dasein »übersteigen«, keine mythischen Äquivalente mehr. Dennoch hat Rilke einen Engel-Mythos als strukturbildendes Element der ›Duineser Elegien‹ geschaffen, dennoch schrieb er die ›Sonette an Orpheus‹, in denen alle Aussagen auf den griechischen Gott des Gesanges bezogen sind. Wollte er mit den beiden Zyklen einem Mangel unserer bilder- und glaubenslosen Gegenwart abhelfen, indem er alte Mythen restaurierte oder neue erfand? Die Frage ist nicht leicht zu beantworten, nimmt man die poetischen Texte und Rilkes Selbstauslegungen ernst.
Rilkes späte Dichtung verfolgt ja einerseits, in Übereinstim-

mung mit gleichzeitigen Erscheinungen in der bildenden Kunst, eine Tendenz zu Abstraktheit und geometrischer Figürlichkeit. Anderseits entfaltet sich in ihr jedoch eine stark mythisierende Kraft, angeregt und befördert durch George, Hölderlin und zuletzt Alfred Schuler. Hierin liegt ein schwer verständlicher Widerspruch. Denn in der Abstraktheit muß man das Symptom des Verlusts einer sich im Sicht- und Greifbaren sinnlich ausgeprägenden Kultur erblicken, aber auch die bewußte Preisgabe vermeintlich sicherer geistiger »Besitztümer«, während jeder Mythos ganz konkret einen metaphysischen Halt zu bieten beansprucht, sei es für eine ganze Kulturgemeinschaft, sei es für eine Kultgemeinde. Mit ihm scheint der Anschluß an frühestes, voraufklärerisches Denken und Vorstellen möglich. Beda Allemann sieht die Auflösung dieses Widerspruchs bei Rilke in einem durchgehend paradoxen Konzept, dessen Verwirklichung er »Paramythos« nennt. Danach enthalten die Rilkeschen Mythen eine unaufhebbare Spannung, die aus dem Bewußtsein ihrer Unmöglichkeit resultiert. Eine solche Deutung ordnet Rilkes poetische Mythen befriedigend in den Zusammenhang moderner Literatur ein. Vielleicht aber geht die innere Widersprüchlichkeit des Phänomens noch weiter, indem Rilke doch auch an die Wiederkunft des Mythos glaubte oder wenigstens ernsthaft auf diese Möglichkeit baute (II, 24).

Gleichwohl bleiben die eigentlichen mythischen Konkretionen, Engel dort und Orpheus hier, ganz auf den jeweiligen Gedichtzyklus beschränkt: In den ›Elegien‹ fehlt der Gott Orpheus, in den ›Sonetten‹ haben die Engel keinen Platz mehr. Im Grunde müßte sich der Leser entscheiden, ob er für seine Person den Gehalt des Engel- oder des Orpheus-Mythos als Appell verstehen will, handelt es sich doch dort um die mythische Figur eines bewußtseins- und gefühlstranszendenten, kosmischen Gegenüber, hier um die Gestaltwerdung irdischer Immanenz, um einen Gott der Mitte und Nähe. Da Orpheus aber zugleich der Transzendierende schlechthin ist

– »Und er gehorcht, indem er überschreitet« (I, 5), – ist er nicht ungeeignet, den Engel der Transzendenz zu ersetzen. Daß jedoch die Vorstellung der Transzendenz als einer ontischen Gegebenheit überhaupt durch das Transzendieren als Vollzug verdrängt werden konnte, darf als Zeichen dafür gelten, daß von den ›Elegien‹ zu den ›Sonetten‹ eine Entwicklung stattgefunden hat. Natürlich sind entsprechende Veränderungen auch schon in den im Februar 1922 zwischen den beiden Teilen der ›Sonette‹ geschriebenen ›Elegien‹ festzustellen, z. B. in Sätzen wie: »Erde, du liebe, ich will« (9. Elegie). Diese Entwicklung blieb nicht ohne Auswirkung auf die werkimmanente Poetik und Sprachauffassung Rilkes: Lag dem Entwurf der ›Elegien‹ noch eine vom Dichter schmerzlich empfundene Differenz zwischen Sein und Sprache zugrunde, so lassen die ›Sonette‹ eine solche Unterscheidung nicht mehr zu. Orpheus, das mythische Apriori der Gedichte, ist Stifter und Unterpfand einer Ordnung, die sich im »Sagenkreis« von Singen und Hören erfüllt (I, 20) – einer kommunikativen Ordnung, die Natur, Dinge und Mensch zu einer Welt zusammenschließt und in der sich das dichterische Ich der ›Sonette‹ immer schon vorfindet und aus dem heraus es spricht. Was mit solcher Auffassung lyrischer Poesie über das Poetologische hinaus gemeint ist, worin sie eine allgemein menschliche Bedeutung erlangt, bleibt noch zu klären.

»Gesang ist Dasein«

Dies ist einer der berühmtesten und am häufigsten zitierten Sätze Rilkes. Er entstammt dem dritten Sonett des ersten Teils und bezieht sich auf den Gesang, wie ihn Orpheus »lehrt«. Ein schlichter, klarer und der zusätzlichen Auslegung kaum bedürftiger Satz, nimmt man ihn beim Wort – aber ein anscheinend höchst schwieriger Gedanke, greift man auf die meist recht angestrengt wirkenden Interpretationen zurück, die er erfahren hat. Zu wundern braucht uns das nicht, denn Rilke beantwortet hier die poetologische Frage nach dem, was Lyrik ist oder sein sollte, ontologisch, wodurch die philosophische Spekulation der Interpreten immer aufs neue herausgefordert wird. Die Frage ist nur, ob wir heute nicht schon in der Lage sind, einen Rilkeschen Text ohne »Übersetzung« in philosophische Begrifflichkeit, d. h. so wörtlich wie möglich, aufzunehmen. Die Informationen, die das Sonett I, 3 liefert, sind jedenfalls im Hinblick auf das, was hier mit »Gesang« und mit »Dasein« und der Gleichsetzung beider gemeint ist, erschöpfend.

Ich deute nur an: Aus innerem »Zwiespalt« kann eine solche Dichtung nicht hervorgehen, ebensowenig wie sie aus der Haltung des Begehrens entspringt oder etwas mit dem »Aufsingen« eines von Liebesleidenschaft ergriffenen Jünglings zu tun hat. Alle diese negativen Bestimmungen, die an den Faust-Mythos als Gegenbild erinnern (an die Gespaltenheit in »zwei Seelen« und den Faustischen Drang), entstammen der Erfahrung des bedürftigen Menschen. Als Bedürftiger ist er bei Rilke von »Gesang« und »Dasein« ausgeschlossen, dennoch wird ihm im orphischen Mythos ein Zugang zu beidem eröffnet – zweifellos eine Utopie, aber eine, die nicht nur abstrakt bleibt. Denn da die ›Sonette‹ immer wieder »Gesang« und »Dasein« identisch setzen, enthalten sämtliche Aussagen, die über Orpheus und sein Singen gemacht werden, auch einen auf den Menschen anwendbaren Daseinsentwurf.

In dem zuletzt entstandenen Sonett, das Rilke dadurch auszeichnete, daß er es an den Anfang des zweiten Teils setzte, ist die vollkommene Analogie, ja Identität von Dichtung (gleich Gesang) und Dasein explizit ausgesagt: »Atmen, du unsichtbares Gedicht!« Der elementare Lebensvollzug, für den das Atmen hier steht, bedeutet dem Kontext gemäß einen ständigen Austausch von Welt und Ich und eine immer innigere wechselseitige Durchdringung beider. Dichten meint zwar nichts anderes, aber vielleicht wird an ihm dieses Grundgesetz des Daseins noch um einiges greifbarer als im Leben, d. h. genauer ablesbar. Dichten wäre somit nur eine deutlichere Form des Daseins – eine, die Spuren hinterläßt. Darum sollte es möglich sein, solchen Spuren in Rilkes ›Sonetten‹ nachzugehen, um Aufschluß über die spezifisch menschlichen Daseinsmöglichkeiten, die sich darin anzeigen, zu erlangen.

»*Wann aber* sind *wir?*«

Wir sahen, daß in den ›Sonetten an Orpheus‹ dem Gesang Dasein schlechthin zugesprochen wird, wir erkannten aber auch, daß dem Menschen in seiner Gespaltenheit und Bedürftigkeit die Voraussetzungen dafür, »in Wahrheit« zu singen und also im Gesang »dazusein«, kaum gegeben sind. Dennoch oder gerade darum wird die Seinsfrage bei Rilke vor allem um des Menschen willen gestellt: »Wann aber *sind* wir?« (I, 3). Deshalb sollte man als Leser auch den Rilkeschen Orpheus-Mythos nicht nach dem Sein an sich befragen, sondern auf die menschlichen Möglichkeiten »zu sein«, die darin enthalten sind, achten.

Dieses zentrale Problem müßte heute um so leichter verständlich werden, als Erich Fromm die entsprechende Thematik in seinem Buch ›Haben oder Sein‹ gerade ins allgemeine Bewußtsein gehoben hat. Bei Rilke geht es, wie ich an anderem Ort zu zeigen versuchte, um den gleichen Gegensatz, und die These Fromms, daß »Sein« und »Haben« zwei einander ausschließende Haltungen seien, zwischen denen sich der Mensch entscheiden müsse, läßt sich durchaus für die Interpretation der ›Sonette an Orpheus‹ fruchtbar machen.

Trotzdem wäre mit der Feststellung, daß »wir« im Sinne der Rilkeschen Dichtung nur dann »sein« können, wenn wir auf alles Habenwollen verzichten, wieder bloß eine negative Bestimmung getroffen. Zur positiven Ausfüllung des »Wann aber *sind* wir?« hat Rilke gerade in den ›Sonetten an Orpheus‹

eine Reihe abstrakter Chiffren eingesetzt, die man unbedingt zur Verdeutlichung des Sachverhalts hinzunehmen sollte. Sie sind den Rilke-Spezialisten geläufig, aber werden sie auch allgemein verstanden?

Zunächst ist auf das Wort »Bezug« zu achten. Es signalisiert als Grundstruktur des Daseins das Bezogensein auf das Ganze der Welt, und das heißt auf Leben und Tod. Gewußter oder gefühlter Bezug ist das Gegenteil von jeder Art Besitzverhältnis; vor ihm wird die Unterscheidung von Haben und Nichthaben hinfällig, denn »Bezug« meint ebenso die Relation zu den anwesenden wie zu den abwesenden Dingen (II, 21). Der Gefahr, daß das Wort »Bezug« eine mehr statisch-ontologische Vorstellung erweckt, hat Rilke meist durch die Formulierung des dichterischen Kontextes entgegengewirkt, z. B. in dem wichtigen Verspaar:

> Ohne unsern wahren Platz zu kennen,
> handeln wir aus wirklichem Bezug.
>
> (I, 12)

Geht es schon im letzten Zitat um die Bedingungen menschlichen Handelns, nicht um eine metaphysische Wahrheit, so wird die praktische Orientierung vollends evident, wenn Rilke menschliches Dasein mit Hilfe einer weiteren Leitvorstellung als »Vollzug« deutet bzw. fordert. Erst sofern zum gewußten Bezug das entschlossene Vollziehen des zeitverhafteten, der Vergänglichkeit ausgesetzten und auf den Tod zulaufenden Lebens hinzutritt, kommt bei Rilke die spezifische Daseinsmöglichkeit des Menschen in den Blick. Dieses Bild potentiellen Daseins hat ganz die Zeitlichkeit und darüber hinaus die »Bedingung« des »Nicht-Seins« (II, 13) in sich aufgenommen. Da der orphische Gesang bei Rilke gerade hierfür das Vor-Bild liefert, feiern die ›Sonette an Orpheus‹ im Grunde nicht ein ewiges Sein, sondern erschaffen einen Mythos der Zeitlichkeit: »O wie er [Orpheus] schwinden muß, daß ihrs begrifft!« (I, 5).

Dem bejahenden, die Vergänglichkeit in freier Zustimmung sogar noch übertreffenden Vollzug des Daseins (»Sei allem Abschied voran« II, 3) entspricht als Haltung und Inhalt des Gesangs die »Rühmung«. Es ist offensichtlich, daß sich in ihr, die sich auch am »Staub«, dem »Moder« der »Grüfte« und vor allem an den Toten bewähren muß (I, 7), das Dasein selbst exemplarisch vollzieht, und zwar in sprachlicher Form, als Dichtung. An anderer Stelle setzt der späte Rilke einmal Dichten und Tun ausdrücklich gleich.
Somit kann sich rühmendes Dichten als Handeln unter dem Namen des Orpheus geradezu in einen »Totenkult« (Walther Rehm) verwandeln, und man versteht, daß Rilke den Sonettzyklus als ein »Grab-Mal« für Wera Ouckama Knoop geschrieben hat.

Orpheus, das Schicksal und die Technik

Wenngleich der Gesang in den ›Sonetten‹ jede Grenze, insbesondere die des Todes, zu »überschreiten« beansprucht (I, 5) und noch die schmerzlichsten Erfahrungen des Menschen in die »Rühmung« einbeziehen möchte, gehen doch bestimmte Bereiche des Lebens und der modernen Welt nicht in das Eine und Ganze des Orpheus-Mythos ein. Sie wirken sich als feindlicher Widerstand aus oder verfallen der Kritik.
Als stärkster Gegenspieler der orphischen Existenzform gilt den ›Sonetten‹ das »Schicksal« im Sinn einer von außen eingreifenden Begrenzung und Festlegung der Daseinsmöglichkeiten. Zur entschiedenen »Rühmung« kommt es hier nirgends; vielmehr versucht das Ich der ›Sonette‹, sich dem Schicksal gegenüber zu behaupten, indem es ihm mit rhetorischem Aufwand widerspricht (II, 27) oder seine Machtlosigkeit erweisen möchte: »O trotz Schicksal: die herrlichen Überflüsse/ unseres Daseins [. . .]« (II, 22). Der blinde Bettler im Sonett II, 19 vollzieht zwar auf exemplarische Weise sein Dasein, zu dem ihn »das Schicksal« täglich neu bestimmt,

aber auch hier wird nicht etwa dieses Schicksal, sondern allein die Haltung des Nichthabens gerühmt.
In dem Zusammenhang sei noch darauf hingewiesen, daß dasselbe Gedicht (II, 19) es unternimmt, die gesellschaftlich-ökonomische Realität des Kapitals als Gegenbild zur absoluten Armut in den Text einzubeziehen, und zwar als anonyme, verselbständigte Macht, die irgendwo in der Bank »wohnt« und in den Geschäften »wie zuhause« ist. Schon in der bildlichen Behandlung des Motivs liegt eine implizierte Wertung; doch mit Hilfe der Kontrastfigur des Bettlers wird daraus im Namen des Orpheus und vom Daseinsentwurf der ›Sonette‹ her Kritik. Sie mag manchem unzureichend erscheinen: aufschlußreich für die Intention des Zyklus ist indes, daß Rilke dieses Thema einerseits nicht übergeht, es anderseits aber auch nicht orphisch einzubeziehen und im Mythos aufzuheben sucht.
Weit differenzierter verhalten sich die ›Sonette‹ zu den technischen Errungenschaften unserer Zivilisation: kein Maschinensturm, keine pauschale Verdammung, wie man sie vielleicht im Zusammenhang des Mythos eines der »ältesten Väter« erwarten würde, sondern nur die entschiedene Aufforderung, den Herrschaftsanspruch der Technik zurückzuweisen (I, 18; II, 10) und den naiven Fortschrittsglauben zu überwinden (I, 22). Neben der Klage über die durch die Maschine bewirkte Entfremdung (I, 24) steht aber auch der Ausblick auf eine künftige Möglichkeit von deren Aufhebung, und zwar durch die Gewinnung eines »reinen Wohin«, einer Richtungsbestimmung für die immer kühneren, aber vorerst ziellosen »Flugversuche« (I, 22 und 23). Das Fazit aller technischen Anstrengungen der Neuzeit aus dem Geiste des Rilkeschen Orpheus-Mythos scheint mir das Sonett II, 22 zu ziehen:

> Aber das Rasen zergeht und läßt keine Spuren.
> Kurven des Flugs durch die Luft und die, die sie fuhren,
> keine vielleicht ist umsonst. Doch nur wie gedacht.

Auf die Frage »Wann aber *sind* wir?« antwortet der Zyklus der ›Sonette an Orpheus‹ im allerletzten Vers mit einem »Ich bin«, freilich nicht als Behauptung eines endlich erreichten Zustandes, sondern um erneut den utopischen Zielpunkt des Werkes zu markieren:

> Und wenn dich das Irdische vergaß,
> zu der stillen Erde sag: Ich rinne.
> Zu dem raschen Wasser sprich: Ich bin.
> (II, 29)

In diesen orphischen Lehrsätzen, die an eine mögliche Entfremdung vom »Irdischen« anknüpfen, werden noch einige wesentliche Bedingungen des »Ich bin« hinzugenannt, die abschließend Beachtung finden sollen.
Den Versen liegt ein Gegensatz zugrunde, der sprachbildlich in die Opposition »stille Erde«: »rasche Wasser« gefaßt ist, und es wird offenbar vorausgesetzt, daß die beiden elementaren Seinsweisen des Still Beharrenden und des rasch sich Wandelnden bei aller Gegensätzlichkeit einander als Ergänzung bedürfen. Das Gedicht fügt sie aber nicht unmittelbar als komplementäre Hälften zur abstrakten Figur eines höheren Ganzen zusammen, sondern es nimmt den Gegensatz zum Anlaß, um vom angesprochenen »Du« zu fordern, sich seinerseits komplementär zu der ihm in stets anderer Gestalt begegnenden Wirklichkeit zu verhalten, also in jedem Moment zum immer einseitigen, bedürftigen Teil des Ganzen das ihn ergänzende Gegenteil zu sein und sich selbst somit ständig umzuschaffen: »Geh in der Verwandlung aus und ein« (ebd.). Die Bedingung eines solchen Verhaltens liegt darin, daß das Irdische mit dem Gegensatz von Wasser und Erde seine genaue Entsprechung im Menschlichen findet, daß das Ich sowohl von sich sagen kann »Ich rinne« als auch »Ich bin«, mögen für

das herkömmliche metaphysische Denken Vergehen und Dauer, Zeit und Sein auch einander ausschließende Gegensätze bilden.

Verwandlung, das existentielle und poetologische Kernmotiv des Rilkeschen Werks und speziell der ›Sonette an Orpheus‹, vermittelt also auf paradoxe Weise zwischen Zeit und Sein, d. h. nicht so, daß Vergängliches ins Außer- oder gar Überzeitliche gerettet würde, sondern daß in der Zeitlichkeit selbst in Erscheinung tritt, was der Mensch »ist« oder »sein« soll, und daß sich scheinbar zeitloses Sein um die temporale Dimension ergänzt und erweitert.

Wenn die letzten beiden Verse des gesamten Zyklus in diesem Zusammenhang das Sagen und Sprechen so stark betonen, so mag das darauf aufmerksam machen, daß vor allem die Sprache als Ort der Verwandlung fungiert. Gewiß meinen die Verse nicht bloß die dichterische Sprache, aber dennoch werden in ihnen die genuin poetischen Fähigkeiten zur Transformation ins hellste Licht gerückt, wobei sich der sprachliche Umwandlungsprozeß als außerordentlich konkret, ja materiell erweist: Wie schon im vorletzten Terzett des Sonetts die »Sinne« quasi sprachmagisch in den »Sinn« überführt wurden, so wandelt sich im letzten das »(Ich) rinne«, das in seiner Zweisilbigkeit und Klanggestalt das unaufhaltsam Vergängliche des Ich abbildet, unter Beibehaltung der beiden tragenden Laute in ein einsilbig definitives »(Ich) bin«. Was hier vom Gedicht als Transformation vollzogen wird, müßte in Gestalt eines logischen Satzes nach dem berühmten Cartesianischen Muster lauten: »Ich rinne, also bin ich«.

Nur ist mit einer solchen Verwandlung gewiß kein verkappter logischer Schluß gemeint, sondern etwas, das wir mit Rilke und im Kontext moderner Poetik als sprachliche Figuration begreifen sollten – in unserm Fall als eine Figuration, die Gegensätzliches zusammenbringt und ineinander übergehen läßt. In diesem Sinn werden die Verse, Strophen und Gedichte des Orpheus-Zyklus immer wieder zu »Figuren«, in denen das, was der Mensch für gewöhnlich kategorial geschieden denkt oder ontologisch getrennt erfährt, als aufeinander bezogen erscheint:

> Heil dem Geist, der uns verbinden mag;
> denn wir leben wahrhaft in Figuren.
>
> (I, 12)

Auch der Rilkesche Orpheus-Mythos als Ganzer ist in seiner Beschränktheit auf den einen Zyklus eine solche in der Zeit sich vollziehende Figur, welche die Widersprüche menschlicher Existenz zu versammeln und in der Gleichung »Gesang ist Dasein« aufzuheben versucht. Für sie müßten also gemäß der immanenten Poetik, die Rilke mitgedichtet hat, die Verse aus dem Sonett I, 11 ebenfalls gelten, in denen die Zeitlichkeit der poetischen Figur gegen die vermeintliche Ewigkeit eines ideellen Sternbilds ausgespielt wird:

> Auch die sternische Verbindung trügt.
> Doch uns freue eine Weile nun
> der Figur zu glauben. Das genügt.

Von der Freiheit des Lesers

Obgleich die Gedichte des Rilkeschen Orpheus-Zyklus den modernen Mythos als Figur selber erst erschaffen, setzt das Ich des Zyklus doch eine deutliche Distanz zwischen den »Gott« und sein eigenes Sprechen und wählt für sich die Rolle eines Mittlers. So nehmen die ›Sonette‹ die Form einer Lehrdichtung an, vergleichbar den altgriechischen Hymnen, die unter dem Namen des Orpheus verbreitet waren. Aber wie jene sich nur an Eingeweihte und nicht ans breite Publikum richteten, eignet auch diesen eine gewisse Esoterik, mit der es freilich eine besondere, für das Leseverhalten wichtige Bewandtnis hat. Esoterik bedeutet hier nicht Beschränkung der Wirkungsabsicht auf eine geschlossene, auserwählte Rezipientengruppe – eine derartige Haltung kennzeichnet Stefan George als Gründer und Lehrer eines gleichgesinnten Kreises –, der Eindruck von Esoterik ergibt sich vielmehr aus der Eigengesetzlichkeit eines in sich zentrierten Sprachraumes.

Diese Qualität des Zyklus aber öffnet paradoxerweise die Dichtung für alle möglichen Rezipienten und macht den einzelnen Leser in hohem Maße frei, gerade auch gegenüber den rhetorischen Formen. Denn aufgrund der dichtungstheoretischen Voraussetzungen wollen und können sich die lehrhaften Gesten der Gedichte, die Imperative und Adhortative, weder direkt an den Leser als empirische Person noch an einen irgendwie vorgestellten elitären Kreis wenden; wer sie unmittelbar aufnimmt, mißversteht sie. Berücksichtigt man dagegen das ästhetisch Vermittelte aller Aussagen, wird man die Kommunikation nicht mehr über den einzelnen Satz suchen, sondern – statt sich vorschnell mit isolierten Inhalten zu identifizieren, die sich scheinbar suggestiv aufdrängen – auf Wahrung seiner Freiheit bedacht sein.

Eine solche Einstellung, die allein den »ernsten Spielen« (Goethe) der Poesie angemessen scheint, schließt einerseits das Wörtlichnehmen der einzelnen sprachlichen Prägungen in einem möglichst materiellen (eben nicht kommunikativen) Sinn keineswegs aus, und sie fördert anderseits den ungehinderten Überblick über das Ganze des Werkes. Dies wiederum ist die Voraussetzung für ein Verstehen, das kritische Anwendung auf die eigene Lebenspraxis sein könnte. Beides, das Wörtlichnehmen und das praktisch werdende Verstehen, entspricht dem Wesen des modernen Mythos als Figur. Sofern er Mythos ist, will er zwar nicht »geglaubt«, aber beim Wort genommen werden; als vom »Geist« erschaffene Figur verlangt er jedoch, die zugrunde liegenden Erfahrungen und den Logos wieder aus ihm zu entbinden. Soweit nun der Logos sich als praktische Vernunft zu erkennen gibt, mag man ihn vielleicht als Angebot begreifen, zu der heute vorherrschenden und nicht mehr allgemein bejahten Lebenspraxis eine alternative Daseinsform zu erproben, sei es in der Vorstellung als Möglichkeit, sei es in der Wirklichkeit. »Eine Weile der Figur zu glauben« hieße für den Leser, das Angebot in Freiheit und auf Zeit anzunehmen.

Bibliothek Suhrkamp

Verzeichnis der letzten Nummern

384 Zbigniew Herbert, Inschrift
385 Hermann Broch, Hofmannsthal und seine Zeit
386 Joseph Conrad, Jugend
387 Karl Kraus, Nestroy und die Nachwelt
388 Ernst Bloch, Erbschaft dieser Zeit
389 Thomas Mann, Leiden und Größe der Meister
390 Viktor Šklovskij, Sentimentale Reise
391 Max Horkheimer: Die gesellschaftliche Funktion der Philosophie
392 Heinrich Mann, Die kleine Stadt
393 Wolfgang Koeppen, Tauben im Gras
394 Cesare Pavese, Das Handwerk des Lebens
395 Theodor W. Adorno, Noten zur Literatur IV
397 Ferruccio Busoni, Entwurf einer neuen Ästhetik der Tonkunst
398 Ernst Bloch, Zur Philosophie der Musik
399 Oscar Wilde, Die romantische Renaissance
400 Marcel Proust, Tage des Lesens
402 Paul Nizan, Das Leben des Antoine B.
403 Hermann Heimpel, Die halbe Violine
404 Octavio Paz, Das Labyrinth der Einsamkeit
405 Stanisław Lem, Das Hohe Schloß
406 André Breton, Nadja
407 Walter Benjamin, Denkbilder
408 Mircea Eliade, Die Sehnsucht nach dem Ursprung
409 Rainer Maria Rilke, Über Dichtung und Kunst
410 Ödön von Horváth, Italienische Nacht
411 Jorge Guillén, Ausgewählte Gedichte
412 Paul Celan, Gedichte I
413 Paul Celan, Gedichte II
414 Rainer Maria Rilke, Das Testament
415 Thomas Bernhard, Die Macht der Gewohnheit
416 Zbigniew Herbert, Herr Cogito
417 Wolfgang Hildesheimer, Hauskauf
418 James Joyce, Dubliner
419 Carl Einstein, Bebuquin
420 Georg Trakl, Gedichte
421 Günter Eich, Katharina
422 Alejo Carpentier, Das Reich von dieser Welt
423 Albert Camus, Jonas
424 Jesse Thoor, Gedichte
425 T. S. Eliot, Das wüste Land
426 Carlo Emilio Gadda, Die Erkenntnis des Schmerzes
427 Michel Leiris, Mannesalter

428 Hermann Lenz, Der Kutscher
429 Mircea Eliade, Das Mädchen Maitreyi
430 Ramón del Valle-Inclán, Tyrann Banderas
431 Raymond Queneau, Zazie in der Metro
432 Rainer Maria Rilke, Briefe zur Politik
433 William Butler Yeats, Die geheime Rose
434 Juan Rulfo, Pedro Páramo
435 André Breton, L'Amour fou
436 Marie Luise Kaschnitz, Gedichte
437 Jerzy Szaniawski, Der weiße Rabe
438 Ludwig Hohl, Nuancen und Details
439 Mario Vargas Llosa, Die kleinen Hunde
440 Thomas Bernhard, Der Präsident
441 Hermann Hesse – Thomas Mann, Briefwechsel
442 Hugo Ball, Flametti
443 Adolfo Bioy Casares, Morels Erfindung
444 Hermann Hesse, Wanderung
445 Ödön von Horváth, Don Juan
446 Flann O'Brien, Der dritte Polizist
447 Giuseppe Tomasi di Lampedusa, Der Leopard
448 Robert Musil, Törleß
449 Elias Canetti, Der Überlebende
450 Robert Walser, Geschwister Tanner
451 Alfred Döblin, Berlin Alexanderplatz
452 Gertrude Stein, Paris Frankreich
453 Johannes R. Becher, Gedichte
454 Federico García Lorca, Bluthochzeit/Yerma
455 Ilja Ehrenburg, Julio Jurenito
456 Boris Pasternak, Kontra-Oktave
457 Juan Carlos Onetti, Die Werft
458 Anna Seghers, Die schönsten Sagen vom Räuber Woynok
459 Harry Levin, James Joyce
464 Franz Kafka, Der Heizer
465 Wolfgang Hildesheimer, Masante
466 Evelyn Waugh, Wiedersehen mit Brideshead
467 Gershom Scholem, Walter Benjamin
468 Rainer Maria Rilke, Duineser Elegien
469 Hugo von Hofmannsthal/Rainer Maria Rilke, Briefwechsel
470 Alain, Die Pflicht glücklich zu sein
471 Wolfgang Schadewaldt, Der Gott von Delphi
472 Hermann Hesse, Legenden
473 H. C. Artmann, Gedichte
474 Paul Valéry, Zur Theorie der Dichtkunst
476 Erhart Kästner, Aufstand der Dinge
477 Stanisław Lem, Der futurologische Kongreß
478 Theodor Haecker, Tag- und Nachtbücher
479 Peter Szondi, Satz und Gegensatz

480 Tania Blixen, Babettes Gastmahl
481 Friedo Lampe, Septembergewitter
482 Heinrich Zimmer, Kunstform und Yoga
483 Hermann Hesse, Musik
486 Marie Luise Kaschnitz, Orte
487 Hans-Georg Gadamer, Vernunft im Zeitalter der Wissenschaft
488 Yukio Mishima, Nach dem Bankett
489 Thomas Bernhard, Amras
490 Robert Walser, Der Gehülfe
491 Patricia Highsmith, Als die Flotte im Hafen lag
492 Julien Green, Der Geisterseher
493 Stefan Zweig, Die Monotonisierung der Welt
494 Samuel Beckett, That Time/Damals
495 Thomas Bernhard, Die Berühmten
496 Günter Eich, Marionettenspiele
497 August Strindberg, Am offenen Meer
498 Joseph Roth, Die Legende vom heiligen Trinker
499 Hermann Lenz, Dame und Scharfrichter
500 Wolfgang Koeppen, Jugend
501 Andrej Belyj, Petersburg
503 Cortázar, Geschichten der Cronopien und Famen
504 Juan Rulfo, Der Llano in Flammen
505 Carlos Fuentes, Zwei Novellen
506 Augusto Roa Bastos, Menschensohn
508 Alejo Carpentier, Barockkonzert
509 Elisabeth Borchers, Gedichte
510 Jurek Becker, Jakob der Lügner
512 James Joyce, Die Toten/The Dead
513 August Strindberg, Fräulein Julie
514 Sigmund Freud, Eine Kindheitserinnerung des Leonardo da Vinci
515 Robert Walser, Jakob von Gunten
517 Luigi Pirandello, Mattia Pascal
519 Rainer Maria Rilke, Gedichte an die Nacht
520 Else Lasker-Schüler, Mein Herz
521 Marcel Schwob, 22 Lebensläufe
522 Mircea Eliade, Die Pelerine
523 Hans Erich Nossack, Der Untergang
524 Jerzy Andrzejewski, Jetzt kommt über dich das Ende
525 Günter Eich, Aus dem Chinesischen
526 Gustaf Gründgens, Wirklichkeit des Theaters
527 Martin Walser, Ehen in Philippsburg
528 René Schickele, Die Flaschenpost
529 Flann O'Brien, Das Barmen
533 Wolfgang Hildesheimer, Biosphärenklänge
534 Ingeborg Bachmann, Malina
535 Ludwig Wittgenstein, Vermischte Bemerkungen
536 Zbigniew Herbert, Ein Barbar in einem Garten

537 Rainer Maria Rilke, Ewald Tragy
538 Robert Walser, Die Rose
539 Malcolm Lowry, Die letzte Adresse
540 Boris Vian, Die Gischt der Tage
541 Hermann Hesse, Josef Knechts Lebensläufe
542 Hermann Hesse, Magie des Buches
543 Hermann Lenz, Spiegelhütte
544 Federico García Lorca, Gedichte
545 Ricarda Huch, Der letzte Sommer
546 Wilhelm Lehmann, Gedichte
547 Walter Benjamin, Deutsche Menschen
548 Bohumil Hrabal, Tanzstunden für Erwachsene und Fortgeschrittene
549 Nelly Sachs, Gedichte
550 Ernst Penzoldt, Kleiner Erdenwurm
551 Octavio Paz, Gedichte
552 Luigi Pirandello, Einer, Keiner, Hunderttausend
553 Strindberg, Traumspiel
554 Carl Seelig, Wanderungen mit Robert Walser
555 Gershom Scholem, Von Berlin nach Jerusalem
556 Thomas Bernhard, Immanuel Kant
557 Ludwig Hohl, Varia
559 Raymond Roussel, Locus Solus
560 Jean Gebser, Rilke und Spanien
561 Stanisław Lem, Die Maske · Herr F.
562 Raymond Chandler, Straßenbekanntschaft Noon Street
563 Konstantin Paustowskij, Erzählungen vom Leben
564 Rudolf Kassner, Zahl und Gesicht
565 Hugo von Hofmannsthal, Das Salzburger große Welttheater
567 Siegfried Kracauer, Georg
568 Valery Larbaud, Glückliche Liebende ...
570 Graciliano Ramos, Angst
571 Karl Kraus, Über die Sprache
572 Rudolf Alexander Schröder, Ausgewählte Gedichte
573 Hans Carossa, Rumänisches Tagebuch
574 Marcel Proust, Combray
575 Theodor W. Adorno, Berg
576 Vladislav Vančura, Der Bäcker Jan Marhoul
577 Mircea Eliade, Die drei Grazien
578 Georg Kaiser, Villa Aurea
579 Gertrude Stein, Zarte Knöpfe
580 Elias Canetti, Aufzeichnungen
581 Max Frisch, Montauk
582 Samuel Beckett, Um abermals zu enden
583 Mao Tse-tung, 39 Gedichte
584 Ernst Kreuder, Die Gesellschaft vom Dachboden
585 Peter Weiss, Der Schatten des Körpers des Kutschers

586 Herman Bang, Das weiße Haus
587 Herman Bang, Das graue Haus
588 Hermann Broch, Menschenrecht und Demokratie
589 D. H. Lawrence, Auferstehungsgeschichte
590 O'Brien, Zwei Vögel beim Schwimmen
591 André Gide, Die Rückkehr des verlorenen Sohnes
592 Jean Gebser, Lorca oder das Reich der Mütter
593 Robert Walser, Der Spaziergang
594 Natalia Ginzburg, Caro Michele
595 Raquel de Queiroz, Das Jahr 15
596 Hans Carossa, Ausgewählte Gedichte
597 Mircea Eliade, Der Hundertjährige
599 Hans Mayer, Doktor Faust und Don Juan
600 Thomas Bernhard, Ja
601 Marcel Proust, Der Gleichgültige
602 Hans Magnus Enzensberger, Mausoleum
603 Stanisław Lem, Golem XIV
604 Max Frisch, Der Traum des Apothekers von Locarno
605 Ludwig Hohl, Vom Arbeiten · Bild
606 Herman Bang, Exzentrische Existenzen
607 Guillaume Apollinaire, Bestiarium
608 Hermann Hesse, Klingsors letzter Sommer
609 René Schickele, Die Witwe Bosca
610 Machado de Assis, Der Irrenarzt
611 Wladimir Trendrjakow, Die Nacht nach der Entlassung
612 Peter Handke, Die Angst des Tormanns beim Elfmeter
613 André Gide, Die Aufzeichnungen und Gedichte des André Walter
614 Bernhard Guttmann, Das alte Ohr
616 Ludwig Wittgenstein, Bemerkungen über die Farben
617 Paul Nizon, Stolz
618 Alexander Lernet-Holenia, Die Auferstehung des Maltravers
619 Jean Tardieu, Mein imaginäres Museum
620 Arno Holz/Johannes Schlaf, Papa Hamlet
621 Hans Erich Nossack, Vier Etüden
622 Reinhold Schneider, Las Casas vor Karl V.
624 Ludwig Hohl, Bergfahrt
627 Vladimir Nabokov, Lushins Verteidigung
628 Donald Barthelme, Komm wieder Dr. Caligari
629 Louis Aragon, Libertinage, die Ausschweifung
630 Ödön von Horváth, Sechsunddreißig Stunden
631 Bernard Shaw, Sozialismus für Millionäre
633 Lloyd deMause, Über die Geschichte der Kindheit
634 Rainer Maria Rilke, Die Sonette an Orpheus
635 Aldous Huxley, Das Lächeln der Gioconda
637 Wolf von Niebelschütz, Über Dichtung
645 Marie Luise Kaschnitz, Beschreibung eines Dorfes
646 Thomas Bernhard, Der Weltverbesserer

Bibliothek Suhrkamp

Alphabetisches Verzeichnis